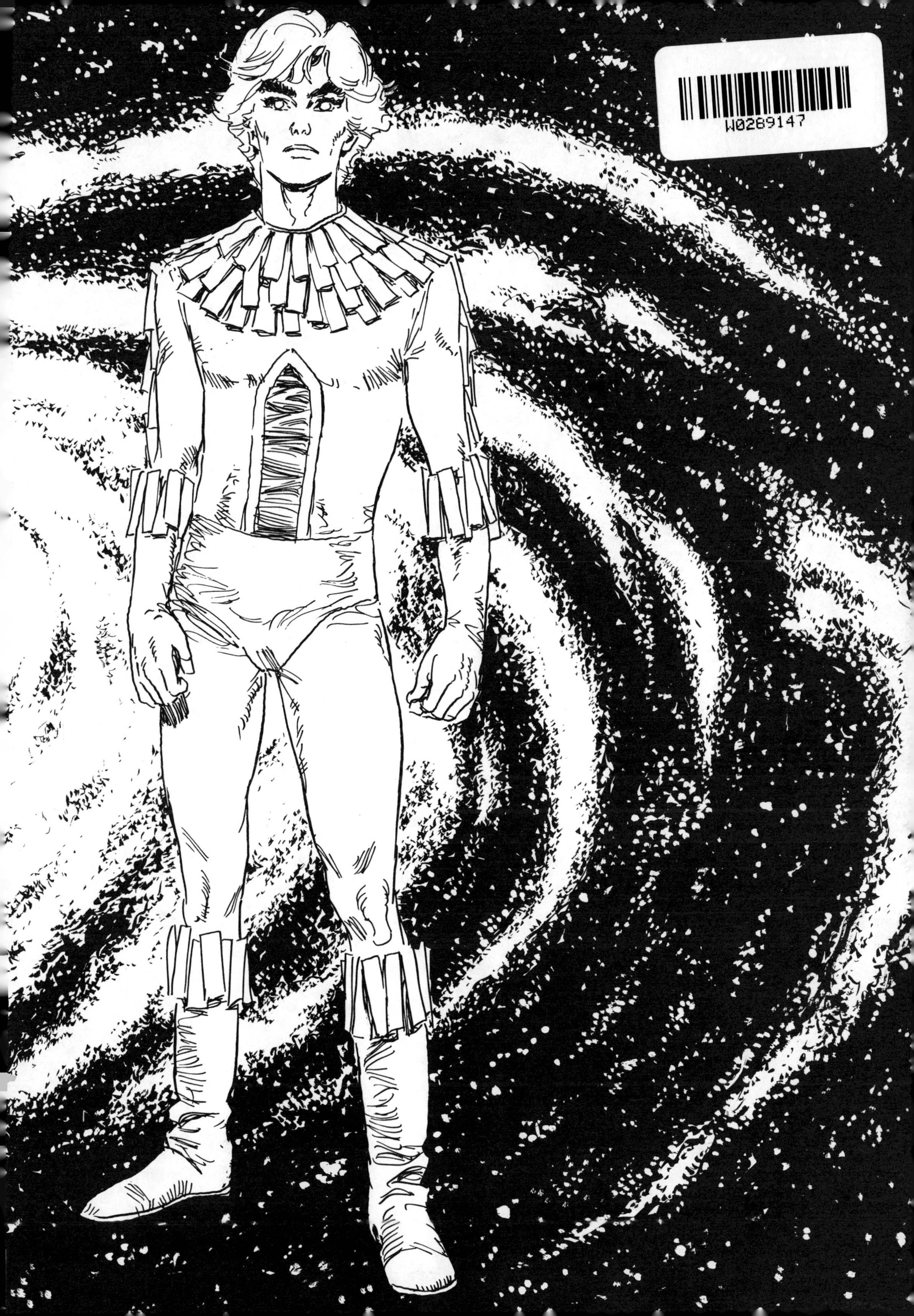

CRISTAL

SORTILÈGES A BAHIA

Dessins : Marcello
Scénario : Maric

DUPUIS

ISSN 0772-4977
I.S.B.N. 2-8001-1507-6

C'EST ENCORE LOIN ?
UN PEU MOINS DE QUATRE HEURES DE VOL ET NOUS NOUS POSERONS À SALVADOR DE BAHIA !
POUR L'INSTANT, NOUS SURVOLONS L'AMAZONIE. C'EST LE RIO NEGRO QUE VOUS VOYEZ SUR LA GAUCHE.
JE N'AIME PAS CE DÉPLACEMENT.... UN PRESSENTIMENT...
C'EST RIDICULE, CRISTAL.
NOS SAVANTS DÉSIRENT EN SAVOIR PLUS SUR VOS EXSEPTIONNELS POUVOIRS. C'EST POURQUOI ILS FONT APPEL À LA SEULE PERSONNE SUSCEPTIBLE DE TIRER DE VÉRITABLES ENSEIGNEMENTS DES TESTS CONTENUS DANS CE MICROFILM.
CE PROFESSEUR BAREIROS AURAIT PU VENIR LUI-MÊME À MIAMI !
BAREIROS EST PARAPLÉGIQUE. DEPUIS L'ACCIDENT QUI L'A RENDU AINSI, IL REFUSE DE QUITTER SA PROPRIÉTÉ LABORATOIRE PRÈS DE SALVADOR DE BAHIA. NOUS N'AVIONS PAS LE CHOIX.
JE SAIS QUE VOUS REGRETTEZ L'ABSENCE DE VOTRE AMI ALAIN À NOS CÔTÉS... MAIS IL EST CLOUÉ AU LIT PAR UNE GRIPPE CARABINÉE. NOUS LE RETROUVERONS EN PLEINE FORME À NOTRE RETOUR !
SI CE PETIT INTERMÈDE BRÉSILIEN VA VOUS ÉLOIGNER D'ALAIN DURANT UNE QUINZAINE, IL VA, MOI, ME PERMETTRE DE RETROUVER MA VIEILLE AMIE MARIA DE VEGA QUI EST NOTRE ANTENNE (*) DANS L'ÉTAT DE BAHIA. C'EST ELLE QUI NOUS METTRA EN CONTACT AVEC BARÉIROS.
NOUS AVONS FAIT NOS ÉTUDES DANS LA MÊME UNIVERSITÉ.... NOUS FAISIONS PARTIE DE L'ÉQUIPE DE BASKET.
BASKET ?
OUI ! UN SPORT. ÇA CONSISTE À...
DIABLE ! C'EST BIEN LE MOMENT !

(*) AGENT.

IL Y A QUELQUE CHOSE QUI CLOCHE... LE MOTEUR A DES RATÉS !
PPRR PUT PUT
GRAVE ?
JE L'IGNORE... IL FAUDRAIT QUE JE ME POSE POUR FAIRE UNE VÉRIFICATION.... ET RAPIDEMENT !
OÙ ? AVEC TOUTE CETTE CHLOROPHYLLE SOUS L'APPAREIL...
LÀ ! UNE CLAIRIÈRE ! IL Y A LARGEMENT LA PLACE POUR SE POSER. UNE VÉRIFICATION OU UNE RÉPARATION DE FORTUNE NOUS PERMETTRA DE RALLIER SALVADOR SANS PROBLÈME...
ATTACHEZ VOS CEINTURES !
NOON ! C'EST DE LA COLCHA⊕ !
SPLAF
⊕ PLANTE AQUATIQUE FORMANT UN TAPIS VERDOYANT À LA SURFACE DES EAUX DORMANTES.
NOUS ALLONS COULER DANS LE MARÉCAGE...
IL Y A UN CANOT PNEUMATIQUE DE SAUVETAGE À BORD.... IL NOUS PERMETTRA DE GAGNER LA TERRE FERME.
DÉPÊCHEZ-VOUS ! L'APPAREIL S'ENFONCE DE PLUS EN PLUS ET CRISTAL CRAINT L'EAU POLLUÉE !
UN INSTANT !
LA RADIO ! ÇA PEUT ÊTRE UTILE !

AVEC CETTE SALETÉ AUTOUR DE NOUS, IMPOSSIBLE D'ALLER VITE...
DIRE QUE TOUT CELA EST DE MA FAUTE ....
QUI AURAIT PU PRÉVOIR QU'IL Y AVAIT UN MARÉCAGE SOUS CE TAPIS VERT?
IL N'Y A PAS QUE LE MARÉCAGE!
UN CAÏMAN!
BANG
VOUS EN ÊTES CERTAIN? JE N'AI RIEN VU.
IL M'A SEMBLÉ! PEUT-ÊTRE L'AI-JE TOUCHÉ!
JE N'EN PEUX PLUS ...... À VOUS...
ÇA VA MIEUX! NOUS AVONS PASSÉ LA PARTIE LA PLUS ÉPAISSE...
VOUS SEMBLEZ DÉCOMPOSÉ, CRISTAL... QUE RESSENTEZ-VOUS ?...
UN MALAISE... CE DOIT ÊTRE CETTE HUMIDITÉ AUTOUR DE NOUS...
ÇA Y EST! ON S'EN SORT!
FAÇON DE PARLER.
ICI CONDOR 14... ICI CONDOR 14... J'APPELLE LA BASE DE SALVADOR DE BAHIA... JE RÉPÈTE...
QUE FAUT-IL FAIRE ?
ATTENDRE... ÇA PASSERA! ÇA M'EST DÉJÀ ARRIVÉ....
ALORS?
RIEN! PAS DE RÉPONSE... JE REPRENDRAI LES APPELS UN PEU PLUS TARD... IL RESTE À SOUHAITER QUE QUELQU'UN LES ENTENDE.
3

SI JE NE PARVIENS PAS À FAIRE CONNAITRE NOTRE POSITION, NOUS N'AURONS QUE PEU DE CHANCES DE NOUS EN TIRER.
QUI SAIT?
CRISTAL! VOS FAMEUX DONS D'UBIQUITÉ, C'EST PEUT-ÊTRE LE MOMENT DE LES UTILISER.
?
VOUS DEVEZ VOUS ÉVADER DE VOUS-MÊME... PRÉVENIR QUELQU'UN... N'IMPORTE QUI... ESSAYEZ...
QU'EST CE QU'IL...
CHUT!
NON... CE N'EST PAS POSSIBLE... JE NE PARVIENS PAS À ME DÉDOUBLER...
ENCORE UN EFFORT, CRISTAL! JE VOUS EN PRIE, C'EST NOTRE SEUL ESPOIR.
DISPOSE LES HOMMES DE FAÇON À LEUR COUPER TOUTE POSSIBILITÉ DE FUITE.
ILS NE NOUS ÉCHAPPERONT PAS!
JE REGRETTE, JANE. J'AURAIS TELLEMENT VOULU VOUS SORTIR DE LÀ!
ÇA NE FAIT RIEN, CRISTAL... ESSAYEZ DE RETROUVER UN PEU DE VOS FORCES ET VOUS FEREZ UNE AUTRE TENTATIVE, PLUS TARD.
UNE AUTRE TENTATIVE, C'EST MOI QUI VAIS LA FAIRE.

VOUS AVEZ ENTENDU? PAR LÀ! UN CRAQUEMENT! IL Y A QUELQU'UN, ON DIRAIT!
UN ANIMAL, SANS DOUTE!
NON! C'ÉTAIT AUTRE CHOSE! COMME SI QUELQU'UN AVANÇAIT AVEC PRÉCAUTION
BON... NE BOUGEZ PAS D'ICI! JE VAIS VOIR!
BANG
AAHH!
FOUTU... JE SUIS FOUTU... PRENEZ LE FUSIL ET ESSAYEZ DE... DE VOUS... SAUVER.... PAR L'AUTRE CÔTÉ...
MAIS...
N'INSISTEZ PAS, JANE!
LÀ-DEDANS, NOUS SERONS À L'ABRI DU TIREUR...
JE ME DEMANDE QUI....
JANE!
BANG
BANG
SORRY... JE... JE VOUS LAISSE SEUL... PRENEZ LE MICROFILM... ET... ESSAYEZ DE VOUS EN SORTIR... J'AURAIS TANT AIMÉ..... ....

... POUR MOI ... C'EST FINI ... JE VOUS AIMAIS ... BIEN ... CRISTAL .. JE VOUS AIMAIS ....
NON ! CE N'EST PAS VRAI ! PAS JANE ! PAS ELLE !
JE TE VENGERAI .....
CELUI-LÀ, JE LE VEUX VIVANT ! VIVANT, QUELQU'EN SOIT LE PRIX !
O.K., ILS NE TIRERONT PLUS.
SOYEZ RAISONNABLE RENDEZ-VOUS.
RAISONNABLE ! VOUS AVEZ TUÉ JANE ET VOUS ME DEMANDEZ D'ÊTRE RAISONNABLE !
TANT PIS POUR VOUS ! VOUS L'AVEZ BIEN CHERCHÉ !
POUR JANE !
BANG
BANG
OOOHHHH
ÇA Y EST ! JE LE TIENS !

EUX... ! JE PENSAIS POURTANT LES AVOIR ABATTUS !
LA PROCHAINE FOIS, IL FAUDRA APPRENDRE À TE SERVIR D'UNE ARME À FEU ....
EN AVANT !
VOUS N'ALLEZ TOUT DE MÊME PAS LA LAISSER LÀ ...
NE T'INQUIÈTE PAS ! LES CHAROGNARDS FERONT LE MÉNAGE !
DEUX JOURS PLUS TARD ...
MAIS ENFIN, QUE DÉSIREZ-VOUS ? OÙ ME CONDUISEZ-VOUS ?
J'AI L'IMPRESSION QUE TU DOIS VALOIR TON PESANT D'OR . ALLEZ ! IL EST TEMPS DE DORMIR . DEMAIN, IL FAUT REMETTRE ÇA !
SURTOUT PAS DE BRUIT ! ON NOUS ATTEND ...
?

NOUS ARRIVONS ! LE JOUR SE LÈVE ... L'ALERTE A DÛ ÊTRE DONNÉE CHEZ LES PILLARDS.
LES VOILÀ ! ILS ONT RÉUSSI !
JE N'EN AI JAMAIS DOUTÉ !
CRISTAL, JE SUPPOSE ? JE SUIS MARIA DE VEGA.
VOUS ? C'EST VOUS L'AMIE DE JANE ?
NOUS AVONS CAPTÉ LES APPELS LANCÉS PAR VOTRE PILOTE... NOUS SUIVIONS VOTRE VOL DEPUIS LE DÉPART DE MIAMI ....
J'AI AUSSITÔT DÉCIDÉ DE PARTIR À VOTRE RECHERCHE..
L'HÉLICO EST PRÊT. LES HOMMES VOUS Y ATTENDENT.
O.K. NOUS AVONS DÉLIMITÉ LA ZONE DE L'ACCIDENT.
LÀ ! C'EST CERTAINEMENT LEUR APPAREIL.
PEU APRÈS, NOUS AVONS DÉCOUVERT LES CADAVRES DU PILOTE ET DE JANE... NOUS SAVIONS, ALORS, QUE VOUS ÉTIEZ VIVANT...
ILS SONT PARTIS PAR LÀ... ON PEUT FACILEMENT SUIVRE LEURS TRACES.

LE RESTE, VOUS POUVEZ LE DEVINER FACILEMENT... MES HOMMES ONT ATTENDU LE MOMENT LE PLUS FAVORABLE POUR VOUS DÉLIVRER.
ILS ARRIVENT !
ALLONS-Y. NOUS POURSUIVRONS CETTE CONVERSATION À L'INTÉRIEUR !
OUF ! ILS NE PEUVENT PLUS RIEN CONTRE NOUS, MAINTENANT !
JE CROIS QUE NOUS SOMMES ARRIVÉS À TEMPS !
À TEMPS ? CROYEZ-VOUS QUE JANE PENSERAIT COMME VOUS ?
JANE BAYLE ÉTAIT MON AMIE DEPUIS DE LONGUES ANNÉES.... SA MORT A ÉTÉ UN COUP TERRIBLE POUR MOI ! MAIS DANS CE MÉTIER, LES SENTIMENTS N'ONT MALHEUREUSEMENT PAS LEUR PLACE --- COMME AU CIRQUE, LE SPECTACLE CONTINUE !
CES GENS QUI NOUS ONT ATTAQUÉS, QUI ÉTAIENT-ILS, QUE CHERCHAIENT-ILS ?
JE L'IGNORE... SANS DOUTE DES PILLARDS PLUS OU MOINS ORGANISÉS ... IL Y EN A BEAUCOUP DANS CE PAYS....
JE NE COMPRENDS PAS POURQUOI ILS NE SE SONT PAS DÉBARRASSÉS DE VOUS ! LA QUESTION RESTERA LONGTEMPS POSÉE...
JE TROUVERAI LA RÉPONSE UN JOUR...
VENEZ ! JE VAIS VOUS PRÉSENTER AU PROFESSEUR BAREIROS !

TOUTES CES NOTES TIRÉES DU MICROFILM SONT SENSATIONNELLES. CEPENDANT, J'AIMERAIS QUE VOUS ME FASSIEZ UNE DÉMONSTRATION DE CES FAMEUX DONS DE DÉDOUBLEMENT.
COMMENT CELA?
MARIA VA SE RENDRE AVEC VOUS DANS UNE DES AUTRES PIÈCES DE LA MAISON.... ET DE LÀ VOUS TÂCHEREZ D'ENVOYER VOTRE DOUBLE DANS CE LABORATOIRE....
JE VAIS ESSAYER !
CE N'EST PAS POSSIBLE... JE N'Y PARVIENS PAS... JE NE COMPRENDS RIEN À CE QUI M'ARRIVE.
ALORS?
RIEN. TOUJOURS RIEN.. J'AI L'IMPRESSION DE DEVENIR UN ÊTRE COMME LES AUTRES !
ET SI CELA N'ÉTAIT QU'UNE VASTE FUMISTERIE?
J'AI LU ET RELU LES RAPPORTS DE MES COLLÈGUES AMÉRICAINS ET ILS SONT FORMELS: LES DONS DE CET HUMANOÏDE SONT EXCEPTIONNELS.
ALORS POURQUOI NE PEUT-IL PAS NOUS EN FAIRE LA DÉMONSTRATION ?
CE N'EST PAS LA PREMIÈRE FOIS QUE CELA ARRIVE. IL SEMBLERAIT QUE LA POLLUTION DE L'EAU SOIT LA VÉRITABLE RESPONSABLE DE CE FAIT. NOTRE AMI A CERTAINEMENT MAL SUPPORTÉ SON SÉJOUR DANS LES MARÉCAGES.
QUE PRÉCONISEZ-VOUS, PROFESSEUR?
DU REPOS, TOUT SIMPLEMENT ! JE SUIS CERTAIN QU'ENSUITE M. CRISTAL POURRA NOUS FAIRE LA DÉMONSTRATION SOUHAITÉE. NOUS AVONS ICI UN PARC MAGNIFIQUE... PROFITEZ-EN !

?
DES CHEVEUX D'ARGENT ! C'EST BIEN CE QUE L'HOMME M'AVAIT DIT... JE SUPPOSE QUE TU T'APPELLES CRISTAL ?
ON M'APPELLE CRISTAL ! OUI... ET TOI, QUI ES-TU ? QUE VIENS-TU FAIRE ICI ?
D'ABORD UNE PREUVE QUE TU ES BIEN CELUI QUE JE CHERCHE ! ON M'A PARLÉ D'UN COLLIER...
LE VOILÀ ! ALORS, JE T'ÉCOUTE
C'EST BIEN TOI ! L'HOMME M'A DIT QUE TU ME DONNERAIS MILLE CRUZEIROS SI JE TE METTAIS AU COURANT.
AU COURANT ? AU COURANT DE QUOI ?
ICI, PAS DE CRÉDIT... LORSQU'IL EST QUESTION D'ARGENT, ON NE FAIT PAS CONFIANCE ! LES CRUZEIROS ET JE TE DIRAI TOUT.
JE N'AI PAS DE COUPURE BRÉSILIENNE... MAIS DIX DOLLARS À LA PLACE, ÇA IRA ?
DIX DOLLARS ! MINCE ALORS ! COMMENT DOIS-JE T'APPELER ? **MONSEIGNEUR ?**
APPELLE-MOI COMME TU VEUX, MAIS DIS-MOI CE QUE TU ÉTAIS CHARGÉ DE M'APPRENDRE.
LE VIEUX TE LE DIRA LUI-MÊME... JE SUIS SIMPLEMENT PAYÉ POUR TE CONDUIRE À LUI.
QUEL VIEUX ? BON, D'ACCORD MAIS GARE À TOI SI TU TE MOQUES DE MOI....

ALORS, TU VIENS ?
J'ARRIVE.
!!
TU... TU AS FAIT ÇA... JE T'AI VU... TU AS TRAVERSÉ LE MUR COMME S'IL N'EXISTAIT PAS. TU DEVRAIS ME DONNER TON SECRET...
NOUS VERRONS ÇA PLUS TARD... OUI. PLUS TARD.
LORSQUE JE RACONTERAI ÇA AUX COPAINS.. ILS NE VOUDRONT PAS ME CROIRE!
IL ME SEMBLE QUE JE RETROUVE MES POUVOIRS!
JE T'ASSURE, JE N'AI NI RÊVÉ NI MENTI... IL ÉTAIT LÀ. IL M'A PARLÉ. AUTREMENT, COMMENT AURAIS-JE SU QUE TU PORTAIS CE COLLIER ?
IL Y A UN MOYEN DE CONTRÔLER.....
PEUT-ÊTRE VAIS-JE POUVOIR FORCER CETTE SERRURE.. IL ME FAUDRAIT UNE TIGE DE MÉTAL...
INUTILE!
?
TU AS DIT VRAI.. QUELQU'UN A ÉTÉ RETENU PRISONNIER DANS LA MAISONNETTE... MAIS QUI? ET COMMENT CONNAISSAIT-IL MON EXISTENCE ?
ALORS, QU'EST-CE QU'ON FAIT?
JE VAIS RETOURNER DANS LA GRANDE PROPRIÉTÉ POUR TIRER CETTE HISTOIRE AU CLAIR... TU RESTERAS EN CONTACT AVEC MOI! J'AURAI PEUT-ÊTRE BESOIN DE TOI...
12

AU TARIF QUI EST LE TIEN, JE N'AI PAS LES MOYENS DE REFUSER.
AVANT DE NOUS SÉPARER, J'AIMERAIS SAVOIR SI TU AS DÉJÀ ENTENDU PARLER D'UN SPORT APPELÉ BASKET ?
BASKET? BIEN SÛR! MAIS D'OÙ SORS-TU, TOI? ON DIRAIT QUE TU VIENS DE TOMBER D'UNE AUTRE PLANÈTE...
HÉ! QUI SAIT? MAIS TOI QUI SEMBLES CONNAÎTRE BEAUCOUP DE CHOSES, TU DEVRAIS M'EXPLIQUER EN QUOI ÇA CONSISTE!
C'EST FAIT! IL N'Y A PLUS RIEN À CRAINDRE DE CE CÔTÉ!
ÉCOUTEZ! ON DIRAIT QUE QUELQU'UN VIENT PAR ICI...
JE ME DEMANDE D'OÙ IL VIENT!
ALORS, MONSIEUR CRISTAL, COMMENT VOUS SENTEZ-VOUS?
UN PEU MIEUX, PROFESSEUR.... JE RETROUVE MES FORCES PEU À PEU...
BIEN ... TRÈS BIEN! BIENTÔT, NOUS POURRONS DONC NOUS OCCUPER DE VOUS.
J'AIMERAIS POUVOIR TÉLÉPHONER À MON AMI ALAIN PLESSIS QUI EST RESTÉ À MIAMI...
RIEN DE PLUS NATUREL! VOUS POUVEZ M'ÉCRIRE SON NUMÉRO ?
ROBERTO, VOUS ALLEZ DEMANDER....
LAISSEZ, PROFESSEUR! JE M'EN OCCUPE!
13

IMPOSSIBLE POUR L'INSTANT! IL N'Y A PAS DE CIRCUIT POUR L'ÉTRANGER.
LE TÉLÉPHONE! C'EST UNE DES MULTIPLES CHOSES QUI FONCTIONNENT TRÈS MAL DANS CE PAYS... IL FAUDRA RAPPELER PLUS TARD!
OUI. PLUS TARD.
OÙ ALLEZ-VOUS ?
IL VA ÊTRE BIENTÔT L'HEURE DE PASSER À TABLE ...
J'AI SURTOUT BESOIN DE REPOS. LE PROFESSEUR LE SAIT MIEUX QUE QUICONQUE...
JE DOIS ABSOLUMENT ENTRER EN CONTACT AVEC ALAIN, LE METTRE AU COURANT DE CE QUI S'EST PASSÉ... IL Y A DANS CES LIEUX UNE ATMOSPHÈRE BIZARRE!
JE DOIS LE REJOINDRE MALGRÉ LA DISTANCE.... IL LE FAUT.... IL LE FAUT....
MAIS.... QUE SE PASSE-T-IL? ON DIRAIT QUE ... QU'IL EST MORT! CE SERAIT BIEN NOTRE VEINE!
NON! SON CŒUR BAT NORMALEMENT! MAIS ALORS...
MONSIEUR DOIT FAIRE UNE NOUVELLE TENTATIVE DE DÉDOUBLEMENT... IL NE ME RESTE QU'À ATTENDRE SON.. RÉVEIL! EN VEILLANT SUR SON SOMMEIL!

MAIS ... QUE FAITES-VOUS DANS MA CHAMBRE ?
JE M' INQUIÉTAIS... VOUS AVIEZ LES YEUX GRANDS OUVERTS !
JE DORS TOUJOURS AINSI ... CEUX QUI M'ONT OBSERVÉ AVOUENT QUE C'EST ASSEZ IMPRESSIONNANT.
ET VOUS ARRIVE-T-IL DE RÊVER COMME NOUS ?
CERTAINEMENT ! D'AILLEURS, JE SORS D'UN RÊVE ÉTRANGE ... JE PARTICIPAIS À UN MATCH DE BASKET AVEC DES AMIS ... ET IL Y AVAIT DE PLUS EN PLUS DE JOUEURS SUR LE TERRAIN. DES CENTAINES ! ET JE ME DISAIS QU'IL Y EN AVAIT TROP....
ET JE N'ARRIVAIS PAS À SAVOIR COMBIEN IL AURAIT DÛ Y AVOIR DE JOUEURS SUR LE TERRAIN... PENSEZ-VOUS, MARIA, QUE LES RÊVES AIENT UNE SIGNIFICATION ?
CERTAINS LE CROIENT. MOI NON !
VOUS VENEZ ? APRÈS LE DÎNER, LE PROFESSEUR AIMERAIT VOUS POSER QUELQUES QUESTIONS POUR ÉCLAIRER LES RÉSULTATS DES TESTS.
D'ACCORD. JE VOUS SUIS.
C'EST IDIOT, MAIS DEPUIS MON RÉVEIL, CETTE QUESTION ME TRAVAILLE ... COMBIEN Y A-T-IL DE JOUEURS DANS UNE ÉQUIPE DE BASKET ?...
JE L'IGNORE ET ÇA N'A PAS D'IMPORTANCE ! NOUS AVONS À NOUS PENCHER SUR DES CHOSES PLUS INTÉRESSANTES QUE LES RÊVES !
POURTANT VOUS DEVRIEZ SAVOIR !
ET POURQUOI ?
SIMPLEMENT PARCE QUE JANE ET MARIA FAISAIENT PARTIE DE LA MÊME ÉQUIPE À L'UNIVERSITÉ !

DIRE QUE J'AVAIS RÉUSSI À VOUS ABUSER FACILEMENT... IL A FALLU CE RÊVE...
LE RÊVE, OUI ! MAINTENANT, NOUS ALLONS RETROUVER LE PROFESSEUR ET VOUS VOUS EXPLIQUEREZ DEVANT LUI !
MARIA ! QUE SIGNIFIE ?
ELLE N'EST PAS MARIA DE VEGA, PROFESSEUR ! CETTE FEMME, NOUS A ABUSÉS... ET ELLE VA NOUS EN EXPLIQUER LA RAISON !
NAÏF QUE VOUS ÊTES ! VOUS PENSEZ QUE VOUS PARVIENDREZ À ME FAIRE PARLER ?
OUI ! VOUS PARLEREZ !
ELLE A RAISON. VOUS ÊTES D'UNE DÉSARMANTE NAÏVETÉ !
ALORS, VOUS AUSSI, VOUS N'ÊTES QU'UN USURPATEUR !
ON NE PEUT RIEN VOUS CACHER.
PUISQUE TOUTES LES CARTES SONT MAINTENANT DISTRIBUÉES, IL N'Y A PLUS DE RAISON DE NE PAS DÉCOUVRIR NOTRE JEU !
JE VOUS ÉCOUTE !
C'EST PAR L'INDISCRÉTION D'UN SERVITEUR DU VÉRITABLE PROFESSEUR BAREIROS QUE NOUS AVONS APPRIS VOTRE PROCHAINE ARRIVÉE À BAHIA ....
IL FALLAIT FAIRE VITE POUR POUVOIR NOUS EMPARER DE VOUS !
ALORS NOUS N'AVONS PAS HÉSITÉ !
POURQUOI AVOIR ABATTU MARIA DE VEGA ?
IL FAUT QUE JE PRENNE SA PLACE. PAS DE TÉMOIN !
BANG
ON VA FAIRE DISPARAÎTRE SON CORPS !
16

QUE CHERCHEZ-VOUS ICI ? POURQUOI CES ARMES ?
IL FAUT FAIRE TAIRE CE VIEUX FOU ! QU'EN FAISONS-NOUS ?
NOUS POUVONS EN AVOIR BESOIN. ENFERMONS-LE EN ATTENDANT DE VOIR COMMENT TOURNERA NOTRE AFFAIRE !
VOUS AVEZ DONC OCCUPÉ LES LIEUX À LA PLACE DU PROFESSEUR ET DE MARIA DE VEGA ! ET VOUS VOUS ÊTES ÉGALEMENT DÉBARRASSÉS DES SERVITEURS ?
PAS DU TOUT ! PAR ICI, ON PEUT TOUT ACHETER EN Y METTANT LE PRIX...
TOUT S'ACHÈTE ? MÊME LES PILOTES D'AVION ?
MAIS NOTRE AMI CRISTAL COMMENCE À DEVENIR INTELLIGENT !
LA PRÉTENDUE PANNE DE MOTEUR, L'ARRIVÉE SUR LA "COLCHA"... TOUT CELA N'ÉTAIT QUE COMÉDIE !
MÊME LES COUPS DE FEU SUR LES CAÏMANS. ILS ÉTAIENT DESTINÉS À ALERTER CEUX QUI VOUS ATTENDAIENT !
ET VOUS AVEZ ABATTU LE PILOTE POUR SUPPRIMER UN TÉMOIN GÊNANT !
LÀ VOUS FAITES FAUSSE ROUTE !
JOÃO ! JOÃO !
PERMETTEZ QUE JE VOUS PRÉSENTE MON FILS JOÃO !
CHARMANTE FAMILLE !
NATURELLEMENT, VOUS DEVINEZ QUE LES BALLES ÉTAIENT À BLANC, COMME CELLES QUE CONTENAIT LE FUSIL DU PILOTE...
JE ME DISAIS BIEN QUE JE NE POUVAIS AVOIR ÉTÉ AUSSI MALADROIT EN RATANT LES DEUX TUEURS !
17

MAIS ALORS, JANE ....
PAS D'ILLUSIONS .... ELLE CONNAISSAIT LA VÉRITABLE MARIA DE VEGA. NOUS NE POUVIONS NOUS PERMETTRE DE LUI LAISSER LA VIE-... D'AILLEURS, CETTE COMÉDIE AVAIT SURTOUT ÉTÉ MONTÉE DANS LE BUT DE NE PAS ÉVEILLER VOS SOUPÇONS.
SALAUDS ! JE DEVRAIS VOUS...
MAIS VOUS N'EN FEREZ RIEN !
PUISQUE VOUS VOULEZ TOUT SAVOIR, JE VOUS DIRAI QUE CEUX QUI VOUS AVAIENT CAPTURÉ ONT ENSUITE TOURNÉ EN ROND DURANT DEUX JOURS POUR PERMETTRE À NOTRE AMIE ET À SES HOMMES D'INTERVENIR.
VOUS AVEZ EU DE LA CHANCE QUE L'HUMIDITÉ, LA FATIGUE M'AIENT EMPÊCHÉ DE COMPRENDRE LA SITUATION. SANS ÇA ....
ET LE VÉRITABLE PROFESSEUR, QU'EST-IL DEVENU ?
HIER ENCORE, IL ÉTAIT NOTRE PRISONNIER... MAIS VOTRE ARRIVÉE NOUS A DÉMONTRÉ QUE SA PRÉSENCE ÉTAIT DEVENUE INUTILE !
ALORS LUI AUSSI, COMME JANE, COMME MARIA DE VEGA ...?
LUI AUSSI !
MAIS ENFIN, POURQUOI TOUS CES CRIMES ?
SIMPLEMENT POUR POUVOIR UTILISER CERTAINS DE VOS DONS EXCEPTIONNELS.
?
18

VOUS N'AVEZ CERTAINEMENT JAMAIS ENTENDU PARLER DE PIZARRE, DES INCAS ET DU MACHU-PICCHU ? ILS ONT MARQUÉ L'HISTOIRE DE L'AMÉRIQUE DU SUD.
ET ALORS ?
IL Y A QUATRE SIÈCLES, QUELQUES CONQUÉRANTS ESPAGNOLS CONDUITS PAR PIZARRE ENVAHIRENT L'EMPIRE DES INCAS... POUR SOUSTRAIRE LEUR TRÉSOR À LA CUPIDITÉ DES AVENTURIERS, LES INDIENS LE CACHÈRENT DANS LA MONTAGNE. IL N'A JAMAIS ÉTÉ RETROUVÉ.
ET LA PLUPART DES HISTORIENS PENSENT QUE CE FABULEUX TRÉSOR SE TROUVERAIT SOUS LES RUINES DU MACHU-PICCHU !
C'EST LE TRÉSOR QU'IL VA FALLOIR RETROUVER POUR NOUS !
JE REFUSE.
ÇA NE DOIT PAS VOUS ÊTRE BIEN DIFFICILE !
VOUS NE POUVEZ PAS M'Y OBLIGER !
NE VOUS INQUIÉTEZ PAS ! NOUS TROUVERONS BIEN UN MOYEN DE VOUS Y CONTRAINDRE.
ENFERMEZ-LE DANS LA GRANDE PIÈCE, LÀ-HAUT !
JE VOUS CONSEILLE DE NE PAS LUI DONNER L'OCCASION DE S'ÉVADER.
S'IL TROUVE LE MOYEN DE QUITTER CETTE PIÈCE, C'EST QU'IL EST RUDEMENT FORT !

J'IGNORE SI J'AI RÉUSSI À ALERTER ALAIN. IL FAUDRA QUE JE REFASSE UNE AUTRE TENTATIVE... MAIS PLUS TARD... MAINTENANT JE DOIS ME DÉTENDRE.
TOI ?!
TU M'AVAIS DEMANDÉ DE RESTER EN CONTACT!
COMBIEN POUR CETTE CORDE? VINGT DOLLARS, ÇA IRA'?
ON PEUT DIRE QUE TU SAIS PROFITER DE TOUTES LES SITUATIONS! C'EST ENTENDU! J'ACCEPTE! JE ME DEMANDE D'AILLEURS COMMENT ON PEUT TE REFUSER QUELQUE CHOSE.
ALORS, VENDUE!
TU AS ENTENDU QUELQUE CHOSE, TOI ?
EH ?.. MAIS NON. QUE VEUX-TU QUE CE SOIT? DORS!
QU'EST-CE QUE TU ATTENDS POUR ME LIBÉRER DES LIENS?
ENCORE VINGT DOLLARS. LES PREMIERS VINGT SONT POUR LA CORDE QUI T'EMMÈNERA DEHORS. O.K.?
20

NOUS AVONS BIEN DIT DEUX FOIS VINGT DOLLARS.
ON PEUT DIRE QUE TU AS LE SENS DU COMMERCE, TOI !
LE COMPTE Y EST ! MAINTENANT TU VAS M'AIDER À REMETTRE LE CHAUME EN PLACE ... COMME ÇA, ILS NE POURRONT SAVOIR PAR OÙ TU T'ES SAUVÉ !
REMARQUABLEMENT RAISONNÉ !
À CINQ CENTS MÈTRES D'ICI, TU TROUVERAS UNE CABANE. TU M'Y ATTENDRAS. JE T'Y REJOINDRAI LORSQUE J'AURAI TROUVÉ POUR TOI UN REFUGE PLUS SÛR !
J'AI L'IMPRESSION, MON CHER CEASERA, QUE TU AS TROUVÉ UN VÉRITABLE FILON ! ET SI TU SAIS Y FAIRE... HÉ ! HÉ !
SMACK
MAIS ! CE N'EST PAS VRAI ! IL A DISPARU !
PAS POSSIBLE ! ÉCARTE-TOI !
INCROYABLE !
IL N'A TOUT DE MÊME PAS PU S'ENVOLER !
21

JE VOUS AVAIS BIEN DIT QU'IL FALLAIT SANS CESSE LE SURVEILLER....
MAIS, ENFIN, OLYMPIA, IL NE FAUT PAS NOUS RENDRE RESPONSABLES!
SUR LES RAPPORTS, IL ÉTAIT DIT QUE CE CRISTAL POUVAIT SE DÉDOUBLER... MAIS DANS CE CAS, NOUS DEVRIONS RETROUVER SON CORPS...
DITES-MOI OÙ IL EST, ALORS?
MOI, JE SAIS!
?
QUI ES-TU? COMMENT ES-TU ENTRÉ ICI? DE QUI PARLES-TU?
CE GAMIN BLUFFE! COMMENT VOULEZ-VOUS QU'IL SACHE?
CEASERA NE BLUFFE JAMAIS... JE PARIE QUE VOUS RECHERCHEZ L'HOMME AUX CHEVEUX D'ARGENT QUI PORTE UN GROS COLLIER SOUS SA CHEMISE ET QUE L'ON APPELLE CRISTAL!
PARLE! QUE SAIS-TU EXACTEMENT?
CINQUANTE DOLLARS! POUR CINQUANTE MALHEUREUX DOLLARS, VOUS SAUREZ TOUT CE QUE JE SAIS!
AU PETIT JOUR...
C'EST LÀ! POUR QUELQUES PIÈCES DE PLUS, JE PEUX L'APPELER ET VOUS POURREZ LE REPRENDRE SANS PEINE...
SENHOR CRISTAL! SENHOR CRISTAL! C'EST MOI, CEASERA!
COMME ON SE RETROUVE!
ESPÈCE DE PETITE CANAILLE!
HÉ! LE COMMERCE!...

JE PENSE QU'ILS N'OSERAIENT PAS PRENDRE LE RISQUE DE M'ABATTRE!
EXCELLENTE JOURNÉE!
ATTENTION!
AH!
SURTOUT NE TIREZ PAS!
AÏE!
VITE! IL FAUT LE RATTRAPER! QU'EST-CE QUE VOUS ATTENDEZ POUR VOUS LANCER À SA POURSUITE?
HÉ! MON ARGENT! VOUS M'AVIEZ PROMIS DE.
ES-TU SUFFISAMMENT PAYÉ AVEC ÇA?
PLAFF
LA PROCHAINE FOIS QUE TU EFFECTUERAS UNE LIVRAISON, ARRANGE-TOI POUR L'EMBALLER AVANT!
LA PROCHAINE FOIS JE SAURAI CHOISIR MON CAMP!
23

REGARDEZ ! IL SE DIRIGE TOUT DROIT VERS SALVADOR DE BAHIA !
IL FAUT TENTER DE LE REJOINDRE AVANT !
DANS LA MASSE DES PARTICIPANTS AU CARNAVAL, IL AURA LA POSSIBILITÉ DE DISPARAÎTRE !
?
IL VA DROIT DANS LA DIRECTION DE L'AVENIDA DES NANS, PRÈS DU PORT !
L'ASCENSEUR ! SI NOUS L'EMPRUNTONS, NOUS AVONS UNE CHANCE D'Y PARVENIR AVANT LUI...
EN MOINS DE TRENTE SECONDES, NOUS SERONS SUR LA PLACE !
IL SUFFIRA DE SE POSTER SUR LA PLACE AU DÉBOUCHÉ DE L'AVENUE... IL NE PEUT ARRIVER QU'EN EMPRUNTANT CETTE ARTÈRE !
24
AÏE ! COMMENT ONT-ILS PU..?
HEP ! PAR ICI !

TOI? QUELLE FOURBERIE ES-TU ENCORE EN TRAIN DE ME PRÉPARER?
IL FAUT ME FAIRE CONFIANCE CETTE FOIS! CES GENS-LÀ NE SONT PAS CORRECTS EN AFFAIRES!
TANT PIS SI JE DOIS LE REGRETTER.
SAPATEIRO
PAR LÀ, NOUS LES SÈMERONS!
IL N'IRA PAS LOIN, CAR LES RUES DU BAS SONT BOUCLÉES PAR LA FOULE ASSISTANT AU CARNAVAL.
QU'EST-CE QU'ON ENTEND? ON DIRAIT DE LA MUSIQUE.
LA SAMBA! NOUS SOMMES EN PLEIN CARNAVAL... IL FAUT EN PROFITER POUR PLONGER DANS LA FOULE! ILS NE NOUS RETROUVERONT PAS!
STOP! SEULS LES MEMBRES DES ÉCOLES DE SAMBA PEUVENT PÉNÉTRER SUR LE CORSO!
ON NE LAISSE PASSER QUE CEUX QUI SONT DÉGUISÉS!
ATTENTION! ILS ARRIVENT!
?
ET COMME ÇA, ÇA PEUT ALLER?
CETTE PERRUQUE ARGENTÉE ME DISAIT QUELQUE CHOSE!
DÉGUISÉ EN CRISTAL, L'EXTRA-TERRESTRE! BONNE IDÉE, SENHOR!

C'EST BON ! VOUS POUVEZ Y ALLER !
STOP ! VOUS NE POUVEZ PÉNÉTRER DANS LE CORSO !
ILS VONT NOUS ÉCHAPPER !
NOUS DEVONS PASSER !
D'AILLEURS, NOUS AVONS UN LAISSEZ-PASSER.
UN LAISSEZ-PASSER ? FAITES VOIR.
SATISFAIT ?
HEU... TRÈS BIEN ! FALLAIT LE DIRE TOUT DE SUITE.
ON NE LE RETROUVERA JAMAIS DANS CETTE FOULE !
POURTANT, IL LE FAUT ! OUVREZ LES YEUX !
JE VAIS MONTER LÀ-DESSUS POUR ESSAYER DE SITUER OÙ SE TROUVENT TES POURSUIVANTS. PENDANT CE TEMPS, DANSE AVEC LES PARTICIPANTS POUR NE PAS TE FAIRE REMARQUER.
DANSER ÇA ? MAIS COMMENT VEUX-TU QUE J'Y PARVIENNE SANS JAMAIS AVOIR APPRIS ?
REGARDEZ ! N'EST-CE PAS LE GAMIN QUI NOUS A LIVRÉ CELUI QUE NOUS RECHERCHONS ?
C'EST BIEN LUI ! COMMENT EST-IL DÉJÀ LÀ ET QUE FAIT-IL ICI ?

ILS SONT LÀ! JE CROIS BIEN QU'ILS M'ONT VU AUSSI!
DESCENDS DE LÀ! IL FAUT SORTIR DE CETTE ENCEINTE ...
PAR LÀ! SI NOUS POUVIONS FRANCHIR CETTE BARRIÈRE!
LÀ! ILS VONT NOUS ÉCHAPPER!
JETONS-NOUS À LA MER! TU SAIS NAGER ?
IMPOSSIBLE! L'EAU EST SANS DOUTE TROP POLLUÉE EN CET ENDROIT!*
* VOIR: CRISTAL VENU D'AILLEURS
JE CONNAIS LA ROUTE QU'ILS EMPRUNTENT... IL Y A UN MOYEN DE LES COINCER EN PRENANT UN RACCOURCI!
SÃO MARCEL
ATTENDEZ UN PETIT INSTANT!
CE FILET PEUT NOUS SERVIR..
HE! VOUS! FAUT PAS VOUS GÊNER!
1512

DU CALME PÊCHEUR, OU TU T'EN REPENTIRAS!
QUOI? DES MENACES?
IL EST ÉCRIT QU'IL SERA BEAUCOUP PARDONNÉ AU PÊCHEUR REPENTI!
ARRÊTEZ VOS JEUX DE MOTS STUPIDES! NOUS AVONS AUTRE CHOSE À FAIRE!
ON LES A SEMÉS!
J'EN SUIS PAS SI SÛR! QUELQUE CHOSE ME DIT...
ATTENT...
JE CROIS QUE NOUS ALLONS AVOIR DES COMPTES À RÉGLER, PETITE CRAPULE!
INUTILE DE VOUS PRESSER, M'AM... J'AI LA POSSIBILITÉ DE VOUS FAIRE CRÉDIT!
ALORS, ÊTES-VOUS ENFIN DISPOSÉ À NOUS AIDER DANS NOS RECHERCHES?
IL Y A UNE EXPRESSION QUE MON AMI ALAIN M'A APPRISE... ELLE ME SERVIRA DE RÉPONSE: VOUS POUVEZ TOUJOURS VOUS FOUILLER!
ET JE SAIS QUE VOUS NE TENTEREZ RIEN CONTRE MOI!
DRÔLE DE RAISONNEMENT... POUR UN HUMANOÏDE. MAIS SI VOUS AVEZ RAISON POUR VOUS, VOUS VOUS TROMPEZ POUR LUI!

JE VOUS DONNE DIX SECONDES POUR ACCEPTER..
VOUS PERDEZ VOTRE TEMPS !
..TROIS.. QUATRE ...
NON ! NON ! VOUS NE POUVEZ LA LAISSER FAIRE ÇA, SENHOR CRISTAL ! JE VEUX VIVRE, MOI !
...SIX... SEPT... HUIT.... NEU...
ARRÊTEZ ! VOUS AVEZ GAGNÉ !
CŒUR SENSIBLE, HEIN ?
EST-CE QUE VOUS L'AURIEZ FAIT ? VOUS AURIEZ OSÉ L'ABATTRE FROIDEMENT ?
QUI SAIT ?... EH, OUI... QUI SAIT ?
MERCI... JE TE REVAUDRAI ÇA...
POUR COMBIEN DE DOLLARS, CETTE FOIS ?
29
PLUS TARD, DANS LA PROPRIÉTÉ DU PROFESSEUR BARREIROS...
QUE FAIT-ON ? ON SE MET EN ROUTE POUR LE MACHU-PICHU ?
PAS TOUT DE SUITE ! IL FAUT TOUT D'ABORD ÊTRE CERTAINS QU'IL EST ENTIÈREMENT À NOTRE DISPOSITION...
JE CROIS QUE NOUS PENSONS À LA MÊME CHOSE ....
LE CANDOMBLÉ !
EXACT ! J'AI VU L'OGAN* ET IL EST D'ACCORD POUR TENTER L'EXPÉRIENCE... CONTRE UNE CERTAINE SOMME !
* OGAN : ORGANISATEUR DU CANDOMBLÉ

CANDOMBLÉ ? JE NE COMPRENDS PAS CE QUE CE MOT SIGNIFIE...
MAGIE NOIRE! ILS VEULENT S'EMPARER DE TON ESPRIT!
SORNETTES! COMMENT Y PARVIENDRAIENT-ILS? JE NE CROIS PAS À CETTE MAGIE...
TU AS TORT... TU IGNORES LA PUISSANCE DES DIEUX! ET S'ILS S'ALLIENT AVEC CEUX-LÀ, TU NE SERAS PLUS QU'UN JOUET ENTRE LEURS MAINS.
LE SOIR.....
IL EST TEMPS D'Y ALLER!
D'ABORD, ENFILEZ CES VÊTEMENTS! IL FAUT ÊTRE EN BLANC POUR LE CANDOMBLÉ!
C'EST LE CARNAVAL QUI CONTINUE!
C'EST ICI! SI VOUS AIMEZ LA MUSIQUE, VOUS SEREZ COMBLÉ...
LE DARRACAO!*
ET JE VOUS CONSEILLE DE VOUS TENIR TRANQUILLE, CETTE FOIS!
*LIEU OÙ SE TIENT LA CÉRÉMONIE DU CANDOMBLÉ
C'EST TOUT? C'ÉTAIT DONC ÇA? DE LA MUSIQUE!
ÇA NE FAIT QUE COMMENCER
C'EST EXACT! AU FIL DES MINUTES, LE RYTHME QUI S'ACCÉLÈRE, DEVIENDRA INSOUTENABLE POUR VOUS!
TAM TAM TAM TAM
UNE HEURE PLUS TARD...
MA TÊTE! ON DIRAIT QU'ELLE VA ÉCLATER!
TAM TAM
L'OGAN!
CE N'EST PAS POSSIBLE!... À DEVENIR FOU!
LÈVE-TOI! LÈVE-TOI ET VIENS VERS MOI....
NE LE REGARDE PAS DANS LES YEUX!
TAM TAM TAM

ALLONS DEBOUT! QUE L'ESPRIT DE L'OXUM+ S'EMPARE DE TON CORPS .... QUE TU DEVIENNES OXUM! TU ES OXUM!!
+ PRONONCER "OCHON" : ESPRIT MALIN POUVANT REPRÉSENTER LE MAL.
NON! PAS L'OXUM! JE SUIS CRISTAL ... OUI! CRISTAL ....
TU N'ES PLUS CRISTAL! TU ES OXUM..
OXUM OXUM OXUM OXUM
OXUM
OXUM
OXUM OXUM
JE SUIS ... CRISTAL .... JE SUIS .. JE SUIS OXUM!
NON! NON! TU ES CRISTAL, CRISTAL, CRISTAL!
TOI, TU VAS LA FERMER! SINON ....
TAM TAM TA TAM
IL N'Y A PLUS DE CRISTAL, PLUS DE CRISTAL .... SEULEMENT OXUM!
N'ESSAIE PAS DE TROUBLER LA CÉRÉMONIE ... D'AILLEURS, IL EST TROP TARD MAINTENANT! L'ESPRIT D'OXUM, L'ESPRIT DU MAL EST EN LUI!
IL A LONGTEMPS RÉSISTÉ! MAIS IL A FINI PAR CÉDER ...
OXUM!
TAM TAM TAM TAM TAM TAM

TAM TAM TAM TAM
OXUM OXUM
ET S'IL NOUS JOUAIT LA COMÉDIE ? JE LE CROIS ASSEZ RUSÉ POUR ÇA !
AAAAAAH
C'EST FINI ! VOUS POUVEZ L'EMPORTER... IL SERA VOTRE ESCLAVE PENDANT TROIS JOURS.
J'AIMERAIS EN ÊTRE CERTAINE !
COMMANDEZ ET IL OBÉIRA !
LUI ! L'ENFANT ! IL EST L'ENNEMI DE L'OXUM ! IL FAUT LE TUER !
LE TUER .... LE TUER .... IL FAUT ! IL FAUT !
NON ! NON ! PAS ÇA ! CRISTAL ! NON !
PAS CRISTAL .. OXUM ! JE SUIS OXUM ! ET JE DOIS !
STOP !

DEMAIN MATIN, IL FAUDRA S'ENVOLER DE TRÈS BONNE HEURE ...
OUI ! L'ENSORCELLEMENT N'ÉTANT PAS DÉFINITIF, NOUS NE POUVONS PLUS PERDRE LA MOINDRE MINUTE .
J'ESPÈRE QUE CETTE NUIT, VOUS NE ME LAISSEREZ PAS DANS LA MÊME PIÈCE QUE LUI ... IL SERAIT CAPABLE ....
TU AS RAISON, PETIT ! IL EN SERAIT BIEN CAPABLE ! ZAC !
AU PETIT MATIN ...
ENFIN, LE VOILÀ QUI REVIENT À LUI ...
TU AS SANS DOUTE FRAPPÉ TROP FORT !
POURQUOI SUIS-JE LIGOTÉ ? QU'EST-IL ARRIVÉ ?
QUESTION POUR QUESTION : DIS-NOUS D'ABORD TON NOM ... ET NOUS T'EXPLIQUERONS.
OXUM ! JE SUIS OXUM !
JE CROIS QU'IL EST TOUT BON ...
ON PEUT DONC SE PRÉPARER À PARTIR ? JE VAIS JETER UN DERNIER COUP D'ŒIL À L'HÉLICO ....
33
NOUS AVONS ÉTÉ OBLIGÉS DE TE LIGOTER AINSI CAR TU AS VOULU TUER UN ENFANT .....
MAIS ON M'EN AVAIT DONNÉ L'ORDRE .
QUI ?
TOI, OXÓSSI* MON MAÎTRE ! QUE DOIS-JE DONC FAIRE ?
NOUS SUIVRE ! NOUS T'EXPLIQUERONS PLUS TARD CE QUE NOUS ATTENDONS DE TOI !
IL EST VRAIMENT PARFAIT ! EH ! EH ! ....
* DIEU DE LA CHASSE, DIVINITÉ TRÈS PUISSANTE .

QUE FAIT-ON DU GAMIN ?
ON LE PREND AVEC NOUS ! ON NE SAIT JAMAIS !
A BIENTÔT, MES AMIS ! LORSQUE NOUS REVIENDRONS, NOUS SERONS RICHES !
NAIFS ! S'ILS COMPTENT NOUS REVOIR !
ADIEU !
LA MAGIE SEMBLE LUI AVOIR TOUT ENLEVÉ.... J'ESPÈRE QU'ELLE N'A PAS AFFECTÉ SES MYSTÉRIEUX POUVOIRS ....
JE NE LE PENSE PAS ! MAIS IL ÉTAIT NÉCESSAIRE DE COURIR LE RISQUE.
C'EST LE PLAN DE VOL. EN ROUGE, CE SONT TOUTES LES ESCALES PRÉVUES POUR LE RAVITAILLEMENT. NOUS SERONS SUR LE MACHU PICCHU VERS LA FIN DE LA JOURNÉE.
EFFECTIVEMENT...
PARI TENU ! NOUS Y VOILÀ ! CE N'EST PAS TROP TÔT ! J'EN AI MA CLAQUE DE PILOTER CET ENGIN !
JE VAIS ME POSER SUR CETTE ESPLANADE AU MILIEU DES RUINES.
HÉ !
QUI VOUS A PERMIS? VOUS ÊTES DANS UNE ZONE ARCHÉOLOGIQUE ET TOURISTIQUE !

JE PENSE QUE VOUS COMPRENDREZ QU'IL NOUS ÉTAIT DIFFICILE DE NOUS POSER AILLEURS
IL N'A PLUS RIEN DIT !
ERREUR ! IL A DIT MERCI !
ET SI VOUS AVEZ ENCORE BESOIN DE MOI, N'HÉSITEZ PAS ! J'AIME LES GENS QUI ONT DU SAVOIR-VIVRE !
ET MAINTENANT QUE FAIT-ON ?
RIEN ! IL Y A TROP DE TOURISTES POUR L'INSTANT. NOUS ALLONS NOUS RENDRE À L'HÔTEL DES VOYAGEURS QUI SE TROUVE UN PEU PLUS BAS ET ATTENDRE LA NUIT. ELLE NOUS PERMETTRA D'OPÉRER EN TOUTE QUIÉTUDE !
NOUS AVONS RETENU QUATRE CHAMBRES PAR TÉLÉPHONE.
REPOSEZ-VOUS. CETTE NUIT, VOUS AUREZ BESOIN DE TOUTES VOS FORCES. IL FAUDRA PÉNÉTRER À L'INTÉRIEUR DES RUINES...
ET SITUER EXACTEMENT L'ENDROIT OÙ SE TROUVE LE TRÉSOR DES INCAS !
SURTOUT, NE LE LAISSE PAS QUITTER CETTE CHAMBRE.
ALORS, OXUM ?
JE TROUVERAI CE QUE TU RECHERCHES, OXÓSSI !
ET S'IL LOCALISE LE TRÉSOR ?
NOUS LE RÉCUPÉRONS LA NUIT SUIVANTE ET... PART À TROIS ! NOUS DEUX ET TON FILS JOÃO ! J'ÉLIMINERAI LES AUTRES, Y COMPRIS LE GAMIN ET L'EXTRATERRESTRE !
35

NOUS NOUS RETROUVERONS À MINUIT DANS LE HALL DE L'HÔTEL!
LA NUIT SERA COURTE!
23 HEURES...
IL EST TEMPS!
J'ARRIVE! JE M'OCCUPE DE CRISTAL. CHARGEZ-VOUS DE RÉVEILLER LE GAMIN ET SON GARDE DU CORPS ET RETROUVONS-NOUS DANS LE HALL.
LEVEZ-VOUS, OXUM! IL EST L'HEURE! LA CHASSE AU TRÉSOR VA COMMENCER!
BIZARRE! ON DIRAIT QU'IL NE COMPREND PAS CE QUE VOUS LUI DITES!
36

QU'EST-CE QUE ?
LE GAMIN! IL A DISPARU EN PROFITANT DU SOMMEIL DE CET IMBÉCILE!
CE PETIT SALOPARD?... IL EST CAPABLE DE TOUT.... DE TOUT!
LE COLLIER! C'EST LUI! J'EN SUIS PERSUADÉE!
MAIS COMMENT AURAIT-IL PU CONNAÎTRE LES PROPRIÉTÉS DU COLLIER?
NOUS EN AVONS PEUT-ÊTRE PARLÉ IMPRUDEMMENT DEVANT LUI... DE TOUTE FAÇON IL EN CONNAISSAIT L'EXISTENCE, SOUVIENS-TOI! IL NOUS A PARLÉ DE CE COLLIER LORSQU'IL EST VENU NOUS PROPOSER LA CAPTURE DE CRISTAL!
L'IMPORTANT EST DE LE RETROUVER RAPIDEMENT!
EXACT! NOUS N'AVONS PLUS DE TEMPS À PERDRE... PRENEZ CE COLLIER. CI L'EXTRATERRESTRE NE TENTERA RIEN CONTRE VOUS TANT QUE VOUS LE PORTEREZ. NOUS, NOUS ALLONS TÂCHER DE RETROUVER L'ENFANT ET RÉCUPÉRER L'OBJET.
AÏE! LES VOILÀ! ET AVEC CE FROID, IMPOSSIBLE D'ALLER ME PERDRE DANS LA MONTAGNE... J'AURAIS DÛ EMPORTER UNE COUVERTURE!
IL NE PEUT S'ÊTRE ÉLOIGNÉ! AVEC LE FROID, CE SERAIT UN VÉRITABLE SUICIDE!
CE SONT DES CACHES FANTASTIQUES!
ALORS, IL FAUT TOUT FOUILLER. MÉTHODIQUEMENT!
TOI, JOÃO, TU PRENDS LA PARTIE GAUCHE.... MOI, JE M'OCCUPERAI DE LA DROITE... VOUS DEUX, VOUS PASSEREZ LE CENTRE DE LA CITÉ AU PEIGNE FIN! IL NE DOIT PAS NOUS ÉCHAPPER!
37

RENDEZ-VOUS ICI DANS UNE HEURE.
C'EST ELLE QUE JE REDOUTE LE PLUS ! JE N'AIME PAS CETTE FEMME !
IL EST PRÉFÉRABLE DE METTRE QUELQUE DISTANCE ENTRE ELLE ET MOI.
CRAC
JOÃO ? GAETANO ? GILBERTO ? QUI EST LÀ ? RÉPONDEZ !
POF
NI JOÃO, NI GAETANO, NI GILBERTO ! MAIS CE QUE NOUS CHERCHIONS .....
J'ESPÈRE L'AVOIR SEMÉE. UN MOMENT, J'AI EU PEUR QUE CETTE PIERRE...
TU NE PEUX PAS M'ÉCHAPPER ! ALLONS, AVANCE ET DONNE-MOI CE COLLIER ... TU AS MA PAROLE QU'IL NE TE SERA FAIT AUCUN MAL !
VOTRE PAROLE, JE LA CONNAIS ! VOUS M'AVIEZ PROMIS UNE PRIME POUR LA CAPTURE DE L'HOMME AUX CHEVEUX D'ARGENT ET JE N'AI VU VENIR QU'UNE GIFLE !
38

UN PAS DE PLUS ET JE LAISSE TOMBER CE COLLIER !
SURTOUT, NE FAIS PAS ÇA !
STOP! NE VA PAS PLUS LOIN! ET OÙ SONT LES AUTRES?
JOÃO ET GILBERTO VONT PRENDRE LE GAMIN DE DEUX CÔTÉS À LA FOIS.
ENCORE UN PETIT EFFORT ET JE SERAI SUR LUI.
JE TE TIENS!
MAIS PAS LE COLLIER!
OUF!
LE VOILÀ!
JE T'AVAIS PRÉVENU PETIT IMBÉCILE! PRENDS ÇA!
TOUT EST RENTRÉ DANS L'ORDRE!
LUI, IL N'A PAS BOUGÉ DEPUIS VOTRE DÉPART.
NOUS ALLONS POUVOIR TRAVAILLER, MAINTENANT!
BIEN OXÓSSI.
39

SURVEILLEZ BIEN LE GOSSE, PROFESSEUR. CETTE FOIS, IL NE DOIT PLUS NOUS CRÉER D'ENNUIS. SINON....
??
TU SAIS CE QU'OXOSSI ATTEND DE TOI ?
JE SAIS. JE VAIS PÉNÉTRER DANS CE MUR ET CHERCHER JUSQU'À CE QUE JE TROUVE LE TRÉSOR.
INCROYABLE! IL DISPARAÎT! MAIS S'IL EN PROFITAIT POUR NOUS FAUSSER COMPAGNIE?
NON. PAS TANT QU'IL SERA SOUS L'EMPRISE DE L'ENVOÛTEMENT DU CANDOMBLÉ.
LE TEMPS PASSE....
REGARDEZ! LE VOILÀ QUI RÉAPPARAÎT!
TU AS TROUVÉ?
OUI, OXOSSI! BEAUCOUP DE CE MÉTAL JAUNE. EN VOILÀ UN ÉCHANTILLON.
C'EST VRAIMENT DE L'OR?
AUCUN DOUTE!
OÙ AS-TU TROUVÉ ÇA?
CE GRAND MUR DE PIERRES, QUI SEMBLE SOUTENIR DE LA TERRE, CACHE EN RÉALITÉ UNE GRANDE SALLE...
40

POUR Y PARVENIR, IL VOUS FAUDRA DESCELLER UNE DE CES PIERRES !
CHOISISSONS LA PLUS PETITE. CE SERA PLUS FACILE.
PROF, VOUS NE POURREZ PAS PASSER. VOUS RESTEREZ ICI AVEC LE GAMIN.
O.K. MARIA. JE FERAI LE GUET.
OUF! ÇA Y EST ENFIN !
ATTENTION AUX PIEDS!
ALORS?
IL N'Y A PLUS QU'À ENTRER. MOI JE PRENDS LA VOIE LA PLUS COURTE.
JE PASSE LA PREMIÈRE !
PAS POSSIBLE!
FANTASTIQUE!
OOOH..
41

ALORS ? JE NE VOIS RIEN ! QU'AVEZ-VOUS TROUVÉ ? IL Y A BEAUCOUP D'OR ?
IL FAUT QUE CET ÉDIFICE S'ÉCROULE !... PAR MA VOLONTÉ ... IL DOIT S'ÉCROULER SUR CES GENS... IL LE FAUT... IL LE FAUT !
IL FAUT JE LE VEUX.. JE LE VEUX !
HÉ ! QUE SE PASSE-T-IL ? ÇA NE VA PAS ? IL Y A DE LA SOUFFRANCE SUR VOTRE VISAGE... HÉ !
ATTENTION ! ON DIRAIT UN TREMBLEMENT DE TERRE !
AAAH
42

CRISTAL ?!
NON... NON ! CE N'EST PAS POSSIBLE ! JE VIS UN CAUCHEMAR !..
JE SUIS CERTAIN QUE TU SAIS CE QUI S'EST PASSÉ ! TU VAS PARLER, OXUM.... PARLER ! MOI, OXOSSI, JE TE L'ORDONNE !
OXUM ?
IL N'Y A PAS PLUS D'OXUM QUE D'OXOSSI !
AAHH !
SIMPLEMENT CRISTAL À QUI IL VA FALLOIR RENDRE DES COMPTES !
C'EST FINI ! TOUT EST TERMINÉ MAINTENANT.
POUR JANE ...
43

VIENS, CEASERA. AU MATIN, NOUS QUITTERONS CES LIEUX ....
VRAI ? TU ME RAMÈNERAS CHEZ MOI ? À SALVADOR ?
OUI. MAIS FINI LE CANDOMBLE !
À PROPOS DE L'ENVOÛTEMENT, J'AIMERAIS SAVOIR SI TU ÉTAIS VRAIMENT SOUS L'EMPRISE D'OXOSSI.
ÉTAIS-JE VRAIMENT ENVOÛTÉ ? QUI SAIT ? LE TRÉSOR EXISTAIT-IL ? IL N'Y AURA PAS DE RÉPONSE, JE CROIS.
LE MATIN...
PENDANT LA NUIT, IL S'EST PASSÉ DES CHOSES... UN GIGANTESQUE MUR QUI SE DRESSAIT DEPUIS DES SIÈCLES S'EST ÉCROULÉ D'UNE FAÇON INEXPLICABLE. VOUS RENDEZ-VOUS COMPTE SI CELA ÉTAIT ARRIVÉ DE JOUR PENDANT LA VISITE DES TOURISTES ?
EN EFFET. UNE CHANCE EXTRAORDINAIRE. HEM... PUIS-JE TÉLÉPHONER ?
ALLÔ, ALAIN ? ... OUI, CRISTAL. UNE AVENTURE INCROYABLE. JE VAIS RENTRER CAR MON SÉJOUR EST ÉCOURTÉ... JE T'EXPLIQUERAI TOUT. PEUX-TU ME DIRE SI J'AURAIS PU T'ATTEINDRE PAR UN NOUVEAU DÉDOUBLEMENT DE PERSONNALITÉ .... NON ? ALORS ON DIRAIT QUE MON DON D'UBIQUITÉ SERAIT LIMITÉ PAR LA DISTANCE...
JE TE DOIS UNE FIÈRE CHANDELLE, CEASERA ! SANS TOI, QUE SERAIS-JE DEVENU ? EN FAIT, JE TE DOIS LA VIE, JE TE DOIS ... HEU ... COMBIEN TE DOIS-JE À TON AVIS ?
RIEN ! POUR UNE FOIS, C'EST CEASERA QUI RÉGALE. POUR LE PLAISIR !
R. MARCELLO + MARIC -85-
44

Les albums du journal Spirou

AGENT 212
1. 24 heures sur 24
2. Au nom de la loi
3. Sens interdit
4. Voie sans issue
5. Poulet aux amendes
6. Ronde de nuit

ARCHIE CASH
1. Le maître de l'épouvante
2. le carnaval des zombies
3. Le déserteur de Toro-Toro
4. Un train d'enfer
5. Cibles pour Long-Thi
6. Où règnent les rats
7. Le démon aux cheveux d'ange
8. Asphalte
9. Le cagoulard aux yeux rouges
10. Le chevalier de la mort verte
11. The Pop Corn Brothers
12. Les petits bouddhas qui chantent faux

ARISTOTE ET SES POTES
1. Service compris

LES BAROUDEURS SANS FRONTIERES
1. A l'ouest des lagunes
2. Harambee !
3. Le venin écarlate
4. Raid sur Bogota

BENOIT BRISEFER
1. Les taxis rouges
2. Madame Adolphine
3. Les douze travaux de Benoît Brisefer
4. Tonton Placide
5. Le cirque Bodoni
6. Lady d'Olphine
7. Le fétiche

BERTHET
1. Le privé d'Hollywood
2. Mortes saisons
3. Couleur café
4. Amerika

BIDOUILLE ET VIOLETTE
1. Les premiers mots
2. Les jours sombres
3. La reine des glaces
4. La ville de tous les jours

BOBO
1. Bobo prend l'air
2. Bobo prend la mer
3. Bobo comic's troupier
4. Un sac en cavale
5. Destination Lune
6. L'homme-obus
7. La prison dorée
8. Le volontaire

BOULE ET BILL
60 gags de Boule et Bill 1
60 gags de Boule et Bill 2
60 gags de Boule et Bill 3
60 gags de Boule et Bill 4
60 gags de Boule et Bill 5
60 gags de Boule et Bill 6
60 gags de Boule et Bill 7
8. Papa, maman, Boule et... moi
9. Une vie de chien
10. Attention, chien marrant !
11. Jeux de Bill
12. Ce coquin de cocker
13. Carnet de Bill
14. Ras le Bill !
15. Bill, nom d'un chien !
16. Souvenirs de famille
17. Tu te rappelles, Bill?
18. Bill est maboul !
19. Globe-trotters
20. Strip Cocker

BUCK DANNY
1. Les Japs attaquent
2. Les mystères de Midway
3. La revanche des Fils du Ciel
4. les Tigres Volants
5. Dans les griffes du Dragon Noir
6. Attaque en Birmanie
7. Les trafiquants de la mer Rouge
8. Les pirates du désert
9. Les gangsters du pétrole
10. Pilotes d'essais
11. Ciel de Corée
12. Avions sans pilotes
13. Un avion n'est pas rentré
14. Patrouille à l'aube
15. NC 22654 ne répond plus
16. Menace au Nord
17. Buck Danny contre Lady X
18. Alerte en Malaisie
19. Le tigre de Malaisie
20. S.O.S. soucoupes volantes
21. Un prototype a disparu
22. Top secret
23. Mission vers la vallée perdue
24. Prototype FX 13
25. Escadrille ZZ
26. Le retour des Tigres Volants
27. Les Tigres Volants à la rescousse
28. Tigres Volants contre pirates
29. Opération Mercury
30. Les voleurs de satellites
31. X-15
32. Alerte à cap Kennedy
33. Le mystère des avions fantômes
34. Alerte atomique
35. L'escadrille de la mort
36. Les Anges bleus
37. Le pilote au masque de cuir
38. La vallée de la mort verte
39. Requins en mer de Chine
40. Ghost Queen

Hors collection :
Tarawa, atoll sanglant, 1re partie
Tarawa, atoll sanglant, 2e partie

LES CENTAURES, AURORE ET ULYSSE
1. La porte du néant
2. Le loup à deux têtes
3. L'odyssée
4. Les Amazones

CRISTAL
1. Venu d'ailleurs
2. Les tueurs d'un autre monde
3. Passeport pour l'angoisse

DOCTEUR POCHE
1. Il est minuit, docteur Poche
2. L'île des hommes-papillons
3. Karabouilla et les belles vacances
4. La planète des chats
5. Le géant qui posait des questions
6. Le renard bleu
7. Le petit singe qui faisait des manières
8. Gags en poche

DUPUIS-AVENTURES
2. Un duel dans une guitare
3. Twiggy dans la souricière
4. L'archipel de l'épouvante
5. L'empire de Satan
6. Le mon au lotus de sang
7. S.O.S. Bagarreur
8. Comme un animal en cage
9. Le trésor des Etas

LES FEMMES EN BLANC
1. Les femmes en blanc

FELIX
5. Le tueur fantôme
6. Au pays du matin calme
7. La liste n° 3
8. La momie mène la danse

GASTON LAGAFFE
0. Gaffes et gadgets
R1. Gala des gaffes à gogo
R2. Le bureau des gaffes en gros
R3. Gare aux gaffes du gars gonflé
R4. En direct de Lagaffe
R5. Le lourd passé de Lagaffe
6. Des gaffes et des dégâts
7. Un gaffeur sachant gaffer
8. Lagaffe nous gâte
9. Le cas Lagaffe
10. Le géant de la gaffe
11. Gaffes, bévues et boulettes
12. Le gang des gaffeurs
13. Lagaffe mérite des baffes
14. La saga des gaffes

GENIAL OLIVIER
1. L'école en folie
2. Le génie et sa génération
3. Génie, vidi, vici
4. Un généreux génie gêné
5. Le génie se surpasse
6. Un ingénieux ingénieur génial
7. Le passé recomposé
8. Electrons, molécules et pensums
9. L'électron et le blason
10. Un génie ingénu
11. Génie, péripéties et facéties
12. Un génie est chez nous
13. Un génie gai nickelé
14. Un génie un peu nigaud

GERMAIN
1. Qu'est-ce qu'on fait?
2. C'est pas bientôt fini, ce silence?
3. Vous trouvez ça bon?
4. C'est pour la vie?
5. Germain et nous
6. Qu'attend-on?
7. Non, mais vous vous rendez compte?
8. Mais qu'est-ce qu'il lui faut?
9. Vous y croyez vraiment?

GIL JOURDAN
1. Libellule s'évade
2. Popaïne et vieux tableaux
3. La voiture immergée
4. Les cargos du crépuscule
5. L'enfer de Xique-Xique
6. Surboum pour 4 roues
7. Les moines rouges
8. Les 3 taches
9. Le gant à 3 doigts
10. Le Chinois à deux roues
11. Chaud et froid
12. Pâtée explosive
13. Carats en vrac
14. Gil Jourdan et les fantômes
15. Sur la piste d'un 33 tours
16. Entre deux eaux

GINGER
1. Les yeux de feu
2. L'affaire Azinski
3. Les mouches de Satan

GODAILLE ET GODASSE
1. Madame Sans-Gêne
2. Sacré sacre !
3. Un hussard à la mer
4. Révolte en Espagne

GULLY
1. Les aventures de Gully
2. Le pays des menteurs

HERMANN
1. Hé, Nic ! Tu rêves?
2. Bonnes nuits, Nic
3. Ça, c'est Filarmo, Nic

L'HISTOIRE EN BANDES DESSINEES
1. L'épopée sanglante du Far West
2. Les mystérieux chevaliers du ciel
3. Incroyables aventures d'animaux
4. L'enfer sur mer
5. Les aventuriers du ciel
6. Héroïnes inconnues
7. Godefroi de Bouillon
8. Au cœur des grandes catastrophes
9. Baden-Powell (1re partie)
10. Baden-Powell (2e partie)
11. Surcouf (tome 1)
12. Surcouf (tome 2)
13. Surcouf (tome 3)
14. Charles de Foucauld
15. Mermoz
16. Stanley (tome 1)
17. Stanley (tome 2)

ISABELLE
1. Le tableau enchanté
2. Isabelle et le capitaine
3. Les maléfices de l'oncle Hermès
4. L'astragale de Cassiopée
5. Un empire de dix arpents
6. L'étang des sorciers
7. L'envoûtement du Népanthès

JEAN VALHARDI
1. Soleil noir
2. Le gang des diamants
3. Le château maudit
4. L'affaire Barnes
5. Le rayon super-gamma
6. La machine à conquérir le monde
7. Le mauvais œil
8. Le secret de Neptune
9. Rendez-vous sur le Yukon
10. Le naufrageur aux yeux vides
11. Le retour de Valhardi
12. Le grand rush
13. Le duel des idoles
14. Un gosse à abattre

JEANNETTE POINTU
1. Le fils de l'Inca
2. Quatre × quatre

J.K. JEROME BLOCHE
1. L'ombre qui tue
2. Les êtres de papier
3. A la vie, à la mort
4. Passé recomposé

JERRY SPRING
4. Trafic d'armes
5. La passe des Indiens
6. La piste du Grand Nord
7. Le ranch de la malchance
8. Les 3 barbus de Sonoyta
9. Fort Red Stone
10. Le maître de la Sierra
11. La route de Coronado
12. El Zopilote
13. Pancho, hors-la-loi
14. Les broncos du Montana
15. Le loup solitaire
16. La fille du canyon
17. Le grand calumet
18. Le duel
19. Les vengeurs du Sonora
20. Jerry contre K.K.K.
21. L'or de personne

JESS LONG
1. Le bouddha écarlate
3. La piste sanglante
4. Les masques de mort
5. Il était deux fois dans l'Ouest
6. Grand Canyon
7. La mort jaune
9. La shérif
10. La bête
11. Ses adieux à la scène

JOHAN ET PIRLOUIT
1. Le châtiment de Basenhau
2. Le maître de Roucybeuf
3. Le lutin du bois aux roches
4. La pierre de lune
5. Le serment des Vikings
6. La source des dieux
7. La flèche noire
8. Le sire de Montrésor
9. La flûte à six schtroumpfs
10. La guerre des sept fontaines
11. L'anneau des Castellac
12. Le pays maudit
13. Le sortilège de Maltrochu

LES JUNGLES PERDUES
2. Chasseurs d'ivoire
3. Le trésor du Kawadji
4. S.O.S. jungle !
5. La saga des gorilles
6. Rapt
7. Les aventuriers de la préhistoire
8. Les chevaliers de l'enfer

LES KROSTONS
1. Ballade pour un Kroston
2. La maison des mutants
4. L'héritier

LUCKY LUKE

1. La mine d'or de Dick Digger
2. Rodéo
3. Arizona
4. Sous le ciel de l'Ouest
5. Lucky Luke contre Pat Poker
6. Hors-la-loi
7. L'élixir du docteur Doxey
8. Phil Defer
9. Des rails sur la prairie
10. Alerte aux Pieds-Bleus
11. Lucky Luke contre Joss Jamon
12. Les cousins Dalton
13. Le juge
14. Ruée sur l'Oklahoma
15. L'évasion des Dalton
16. En remontant le Mississippi
17. Sur la piste des Dalton
18. A l'ombre des derricks
19. Les rivaux de Painful Gulch
20. Billy the Kid
21. Les collines noires
22. Les Dalton dans le blizzard
23. Les Dalton courent toujours
24. La caravane
25. La ville fantôme
26. Les Dalton se rachètent
27. Le 20e de Cavalerie
28. L'escorte
29. Des barbelés sur la prairie
30. Calamity Jane
31. Tortillas pour les Dalton

MARC DACIER

1. Aventures autour du monde
2. A la poursuite du soleil
3. Au-delà du Pacifique
4. Les secrets de la mer de Corail
5. La main noire
6. L'abominable homme des Andes
7. L'empire du soleil
8. Le péril guette sous la mer
9. Les sept cités de Cibola
10. Les négriers du ciel
11. Chasse à l'homme
12. L'or du "Vent d'Est"
13. Le train fantôme

LES MEILLEURS RECITS

1. Contes de Noël
2. Lettres de mon moulin (1)
3. Le Vieux Bleu
4. Mirliton
5. Chroniques d'extraterrestres
6. Bonaventure
7. Blanc-Casque
8. Lettres de mon moulin (2)
9. Pas de chance pour Bonaventure
10. L'an 40
11. Lettres de mon moulin (3)
12. Spécial animaux

LES MOTARDS

1. Les motards

NATACHA

1. Natacha, hôtesse de l'air
2. Natacha et le maharadjah
3. La mémoire de métal
4. Un trône pour Natacha
5. Double vol
6. Le treizième apôtre
7. L'hôtesse et Monna Lisa
8. Instantanés pour Caltech
9. Les machines incertaines
10. L'île d'outre-monde
11. Le grand pari
12. Les culottes de fer

PAPYRUS

1. La momie engloutie
2. Le maître des trois portes
3. Le colosse sans visage
4. Le tombeau du pharaon
5. L'Egyptien blanc
6. Les quatre doigts du dieu Lune
7. La vengeance de Ramsès
8. La métamorphose d'Imhotep
9. Les larmes du géant

LA PATROUILLE DES CASTORS

1. Le mystère de Grosbois
2. Le disparu de Ker-Aven
3. L'inconnu de la villa Mystère
4. Sur la piste de Mowgli
5. La bouteille à la mer
6. Le trophée de Rochecombe
7. Le secret des monts Tabou
8. Le hameau englouti
9. Le traître sans visage
10. Le signe indien
11. Les loups écarlates
12. Menace en Camargue
13. La couronne cachée
14. Le chaudron du diable
15. L'autobus hanté
16. Le fantôme
17. Le pays de la mort
18. Les démons de la nuit
19. Vingt milliards sous la terre
20. El Demonio
21. Passeport pour le néant
22. Prisonniers du large
23. L'envers du décor
24. Souvenirs d'Elcasino
25. L'empreinte
26. L'île du Crabe

PAUVRE LAMPIL

1. Pauvre Lampil 1
2. Pauvre Lampil 2
3. Pauvre Lampil 3
4. Pauvre Lampil 4

PECHES DE JEUNESSE

25 classiques des débuts de Derib, Franquin, Jidéhem, Jijé, Lambil, Macherot, Mazel, MiTacq, Sirius, Tillieux, Walthéry et Will.

LES PETITS HOMMES

1. L'exode
2. Des Petits Hommes au Brontoxique
3. Les guerriers du passé
4. Le lac de l'auto
5. L'œil du cyclope
6. Le vaisseau fantôme
7. Les ronces du samouraï
8. Du rêve en poudre
9. Le triangle du diable
10. Le peuple des abysses
11. Dans les griffes du Seigneur
12. Le guêpier
13. Les prisonniers du temps
14. Petits Hommes et hommes-singes
15. Mosquito 417
16. La planète Ranxérox
17. Le trou blanc
18. Le pickpocket
19. Alerte à Eslapion
20. Rapt en sous-sol

PIERRE TOMBAL

1. Les 44 premiers trous
2. Histoires d'os

POUSSY

1. Ça, c'est Poussy
2. Faut pas Poussy
3. Poussy Poussa

421

1. Guerre froide
2. Bons baisers du septième ciel
3. Suicides
4. L'empire du milieu

LA RIBAMBELLE

1. La Ribambelle gagne du terrain
2. La Ribambelle en Ecosse
3. La Ribambelle enquête
4. La Ribambelle contre-attaque
5. La Ribambelle s'envole
6. La Ribambelle aux Galopingos

SAMMY

1. Bons vieux pour les gorilles
2. Rhum Row
3. El Presidente
4. Les gorilles marquent des poings
5. Le gorille à huit pattes
6. Les gorilles font les fous
7. Les gorilles au pensionnat
8. Les gorilles et le Roi Dollar
9. Les pétroleurs du désert
10. Nuit blanche pour les gorilles
11. Deux histoires de gorilles
12. L'élixir de jeunesse
13. Le grand frisson
14. Les gorilles marquent des buts
15. Les gorilles à Hollywood
16. Ku-Klux-Klan
17. Les bébés flingueurs
18. Panique au Vatican
19. En piste, les gorilles!
20. Ma Attaway
21. Miss Kay

LES SCHTROUMPFS

1. Les Schtroumpfs noirs
2. Le Schtroumpfissime
3. La Schtroumpfette
4. L'œuf et les Schtroumpfs
5. Les Schtroumpfs et le Cracoucass
6. Le Cosmoschtroumpf
7. L'apprenti Schtroumpf
8. Histoires de Schtroumpfs
9. Schtroumpf vert et vert Schtroumpf
10. La soupe aux Schtroumpfs
11. Les Schtroumpfs olympiques
12. Le bébé Schtroumpf

LE SCRAMEUSTACHE

1. L'héritier de l'Inca
2. Le magicien de la Grande Ourse
3. Le continent des deux lunes
4. Le totem de l'espace
5. Le fantôme du Cosmos
6. La fugue du Scrameustache
7. Les Galaxiens
8. La menace des Kromoks
9. Le dilemme de Khéna
10. Le prince des Galaxiens
11. Le renégat
12. La saga de Thorgull
13. Le secret des Trolls
14. Les Kromoks en folie
15. Le stagiaire

SIBYLLINE

1. Sibylline et la betterave
2. Sibylline en danger
3. Sibylline et les abeilles
4. Sibylline et le petit cirque
5. Sibylline s'envole
6. Sibylline et les cravates noires
7. Elixir le maléfique
8. Burokratz le vampire
9. Le chapeau magique
10. Le violon de Zagabor
11. Sibylline et le kulgude

LES SNORKY

1. Le requin jaune
2. Un Snorky à la dérive

SOPHIE

1. L'œuf de Karamazout
2. La bulle du silence
3. Les bonheurs de Sophie (1)
4. Qui fait peur à Zoé?
5. Le rayon Kâ
6. La maison d'en face
7. Sophie et le cube qui parle
8. Les bonheurs de Sophie (2)
9. La tiare de Matlotl Halatomatl
10. Sophie et le douanier Rousseau
11. Sophie et le souffle du dragon
12. Cette sacrée Sophie
14. Sophie et l'inspecteur Céleste
15. Sophie et Donald Mac Donald
16. Rétro Sophie
17. Sophie et Cie

SPIROU ET FANTASIO

1. Quatre aventures de Spirou et Fantasio
2. Il y a un sorcier à Champignac
3. Les chapeaux noirs
4. Spirou et les héritiers
5. Les voleurs de marsupilami
6. La corne du rhinocéros
7. Le dictateur et le champignon
8. La mauvaise tête
9. Le repaire de la murène
10. Les pirates du silence
11. Le gorille a bonne mine
12. Le nid des marsupilamis
13. Le voyageur du Mésozoïque
14. Le prisonnier du bouddha
15. Z comme Zorglub
16. L'ombre du Z
17. Spirou et les hommes-bulles
18. QRN sur Bretzelburg
19. Panade à Champignac
20. Le faiseur d'or
21. Du glucose pour Noémie
22. L'abbaye truquée
23. Tora-Torapa
24. Tembo Tabou
25. Le gri-gri du Niokolo-Koba
26. Du cidre pour les étoiles
27. L'Ankou
28. Kodo, le tyran
29. Des haricots partout
30. La ceinture du grand froid
31. La boîte noire
32. Les faiseurs de silence
33. Virus
34. Aventure en Australie
35. Qui arrêtera Cyanure?
36. L'horloger de la comète
37. Le réveil du Z
38. La jeunesse de Spirou

TIF ET TONDU

1. La villa Sans-Souci
2. Le trésor d'Alaric
3. Oscar et ses mystères
4. Tif et Tondu contre la Main Blanche
5. Le retour de Choc
6. Passez muscade
7. Plein gaz
8. La villa du Long-Cri
9. Choc au Louvre
10. Les flèches de nulle part
11. La poupée ridicule
12. Le réveil de Toar
13. Le grand combat
14. La matière verte
15. Tif rebondit
16. L'ombre sans corps
17. Tif et Tondu contre le Cobra
18. Le roc maudit
19. Sorti des abîmes
20. Les ressuscités
21. Le scaphandrier mort
22. Un plan démoniaque
23. Tif et Tondu à New York
24. Aventure birmane
25. Le retour de la bête
26. Le gouffre interdit
27. Les passe-montagnes
28. Métamorphoses
29. Le sanctuaire oublié
30. Echecs et match
31. Swastika
32. Traitement de Choc
33. Choc 235
34. Le fantôme du samouraï
35. Dans les griffes de la Main Blanche

TIMOUR

1. La tribu de l'homme rouge
2. La colonne ardente
3. Le talisman de Timour
4. Le glaive de bronze
5. Le captif de Carthage
6. Le fils du centurion
7. Le gladiateur masqué
8. Timour contre Attila
9. Le cachot sous la Seine
10. Le cavalier sans visage
11. La francisque et le cimeterre
12. Timour d'Armor
13. Mission à Byzance
14. Le drakkar rouge
15. Alerte sur le fleuve
16. Le serment de Hastings
17. L'ombre du Cid
18. La galère pirate
19. Le fils du Croisé
20. L'oiseau flamboyant
21. Le sceau du Templier
22. La gondole noire
23. L'or du gouffre
24. Terre sauvage

LES TUNIQUES BLEUES

1. Un chariot dans l'Ouest
2. Du Nord au Sud
3. Et pour 1.500 dollars en plus
4. Outlaw
5. Les déserteurs
6. La prison de Robertsonville
7. Les bleus de la marine
8. Les cavaliers du ciel
9. La grande patrouille
10. Des bleus et des tuniques
11. Des bleus en noir et blanc
12. Les bleus tournent cosaques
13. Les bleus dans la gadoue
14. Le blanc-bec
15. Rumberley
16. Bronco Benny
17. El Padre
18. Blue rétro
19. Le David
20. Black Face
21. Les 5 salopards
22. Des bleus et des dentelles
23. Les cousins d'en face
24. Baby blue
25. Des Bleus et des bosses

VIEUX NICK

2. Le vaisseau du diable
3. Les mangeurs de citron
4. L'île de la Main-Ouverte
5. Les mutinés de la Sémillante
6. Dans la gueule du dragon
7. Aux mains des Akwabons
8. Sa Majesté se rebiffe
9. L'or du « El Terrible »
10. Le trois-mâts fantôme
11. Les boucaniers
12. Barbe-Noire et les Indiens
26. L'île rouge

YOKO TSUNO

1. Le trio de l'étrange
2. L'orgue du diable
3. La forge de Vulcain
4. Aventures électroniques
5. Message pour l'éternité
6. Les trois soleils de Vinéa
7. La frontière de la vie
8. Les titans
9. La fille du vent
10. La lumière d'Ixo
11. La spirale du temps
12. La proie et l'ombre
13. Les archanges de Vinéa
14. Le feu de Wotan
15. Le canon de Kra
16. Le dragon de Hong Kong

ALBUMS DE LUXE

(de 96 à 192 pages)

Spécial L. Luke (10 volumes)
Tout B. Danny (8 volumes)
Tout Gil Jourdan (4 volumes)
Ensemble (1 volume)
Jacques Le Gall (1 volume)
Don Bosco (1 volume)
L'Encyclo B.D. des armes (1 volume)
Arkel (1 volume)